AF402633

MARIUS ROUX

MONSIEUR

DE

FORTENGUEULE

« Navets, — Polissons, — Cacographes.
« Havin, — Buloz. — Pouah! »

(Dictionnaire de l'Engueulement.)

PARIS

CHEZ TOUS LES LIBRAIRES

—

1867

PARIS

TYPOGRAPHIE MORRIS ET COMPAGNIE

rue Amelot, 64

PORTRAIT-CARTE

Cinquante-trois ans, petits yeux, nez bombé, lèvre épaisse, visage gravé, tête ronde, air railleur, — l'ampleur et la tournure d'un maître de pension, quelque chose comme l'augmentatif d'un professeur de belle écriture, — voilà la photographie de M. Veuillot.

A l'école mutuelle jusqu'à treize ans, chez un avoué de treize à dix-neuf ans, et journaliste de dix-neuf à cinquante ans, — voilà la vie de l'auteur des *Odeurs de Paris*.

Comme journaliste, il y a deux hommes en M. Veuillot : — Veuillot l'ancien et Veuillot le jeune, Veuillot l'apostat et Veuillot le juste.

De 1832 à 1838, Veuillot l'ancien se promène de journal en journal, tantôt en province, et tantôt à

Paris, mais sans sortir des eaux ministérielles. Il va, frondeur, casseur, poursuivant sa carrière, armé d'une excellente plume et d'une bonne épée.

De 1838 à 1866, Veuillot le juste — s'adonne à la librairie religieuse, fait un voyage en Afrique avec le maréchal Bugeaud, entre au ministère de l'intérieur comme chef de bureau, et — retombe dans le journalisme pour n'en plus sortir.

Comment le gouailleur, le chansonnier, le duelliste, le bon viveur est-il devenu le faiseur de cantiques, le donneur d'eau bénite? — C'est ce qui demande une explication, et je la donne.

———

Ceci se passait à Périgueux en 1838 :

On avait banqueté en catimini chez M. le préfet; le dessert avait été panaché et le champagne mousseux et pétillant. Veuillot, qui débitait une chanson de circonstance et imitait un célèbre polichinelle, avala sa pratique.

Ces choses-là arrivent, témoin la pratique de Guignol avalée par Th. Gautier.

Seulement, on sait que Gautier digéra sa petite musique. Veuillot, lui, manqua s'étrangler; la pratique, comme une arête récalcitrante, resta accrochée dans son gosier.

Un ami lui proposa de se donner du mouvement pour faire descendre l'importune, et l'on partit pour Rome. Ce voyage se fit durant la semaine sainte. Il paraît que les cérémonies de cette semaine sont merveilleuses, car Veuillot, qui en avait vu bien d'autres, tomba à la renverse tout ébloui, et se cassa bras et jambes. L'ami ramassa les morceaux, les rajusta et fit des articulations à la mode de Polichinelle.

Ce raccommodage et la fameuse pratique qui ne descendait pas, donnèrent une idée au célèbre Général Noir. — Cet industrieux personnage mit des ficelles aux articulations des bras et des jambes, réunit ces ficelles en une seule pendant entre les jambes, et attacha cette dernière à un peloton. Il garda le peloton par devers lui et, dévidant, dévidant, dévidant, — il envoya à ses amis de France ce joujou perfectionné.

Le joujou n'a pas plu à tout le monde ; il est même des amis du Général qui ont voulu le casser pour voir ce qu'il y a dedans, mais le Maître n'a pas lâché la ficelle, et, de temps en temps, on a vu remuer le joli pantin, qui criait alors de sa voix sifflotante :

« Navets... — Polissons... — Cacographes... — Havin... — Buloz... — Pouah !... etc., etc.

Outre ses chansons, ses cantiques et ses articles de journaux, M. Veuillot a écrit force volumes. Ses œuvres les plus remarquables sont celles qui approchent le plus de la manière de faire en journalisme, et les mieux réussies celles qui entrent tout à fait dans cette manière.

M. Veuillot est un littérateur très-ordinaire, mais c'est un journaliste très-distingué. Sa plume emporte la chair et blesse d'une façon cruelle. Sa dernière œuvre est un pamphlet de longue haleine, une collection d'articles, dont la lecture devient fatigante. L'insulte et la raillerie ne demandent pas de longs discours. Pour faire bien, dans ce genre, il faut faire court ; les longues récriminations sont du domaine de la rhétorique des halles, et appartiennent à un genre bâtard connu sous le nom « d'engueulement. »

Les Odeurs de Paris méritent le premier prix d'engueulement. — Qu'on se le dise à l'institut de la Pointe-Saint-Eustache.

———

Voici, du reste, sur ce sujet, quelques notes que j'ai recueillies de la bouche même de mon ami, M. Pipe-en-bois, — un garçon qui s'y connaît.

———

LES ODEURS

I

J'arrive peut-être un peu tard pour siffler?

Mais, que voulez-vous, mon cher Monsieur, — je ne puis me décider à poser le nez dans les livres de certains auteurs que lorsque ces livres ont eu plusieurs éditions.

C'est une précaution qui me laisse, bien souvent encore, pas mal de déceptions. Car, de ce qu'un livre atteint plusieurs éditions, cela ne signifie pas toujours qu'il soit parfait.

Le public est si bête et les éditeurs sont si malins, même quand ils impriment les œuvres des Bollandistes.

J'ai attendu le succès d'édition de vos ordures, de vos Odeurs, veux-je dire, et je suis encore tombé sur un livre à siffler.

Vous ne vous faites pas faute de souffler dans votre clef forée, vous, — et de mettre en musique pipenboitesque les paroles de vos adversaires.

(De bien pauvres paroliers, pour la plupart, entre nous soit dit.)

Ils ont donné par leur silence la mesure de leur savoir, ces beaux chiens-chiens du boulevard. Quelques-uns ont bien jappé un tantinet, mais pas un n'a osé vous mordre. Croient-ils donc que vous pouvez ne faire qu'une bouchée de leurs petites personnes, mon gros dogue?

Pour moi, qui vis loin du reste des humains, seul avec ma bonne clef des Français, je ne puis résister au désir de pousser ma note.

Et je la pousse.

Au temps jadis, alors que les cordonniers faisaient des souliers, et que ceux-là seuls qui avaient un fonds suffisant d'érudition et de goût s'occupaientdesciences, d'arts, et de belles-lettres, on aurait pu croire à l'existence de la presse; mais de nos jours, — lorsque le premier tili venu peut rédiger une Gazette de Paris, et que le dernier des Merlin peut commettre un Bulletin politique, je ne puis donner à tous leurs gribouillages l'importance que vous voulez bien leur accorder.

Il est vrai que vous avez la foi, vous.

Moi, je ne l'ai pas (je parle de la foi de journaliste), et je siffle et je dis :

Il n'y a pas de petite presse.

Il n'y a pas de grande presse.

———

Quelle mouche vous a piqué, et quel intérêt si grand avez-vous à défendre la Littérature contre la petite presse ?

Mais la Littérature et la petite Chose sont deux êtres qui ne se connaissent pas. Deux femmes qui n'appartiennent pas au même monde, et qui n'ont pas grande chance de se rencontrer souvent.

Vous le savez bien, Monsieur, vous qui faites de la besogne au petit format, et qui vous escrimez pour obtenir les faveurs de dame Littérature.

Vous ricanez presque aussi bien que Voltaire, vous crachez aussi épais que Rabelais, vous ergotez comme la cousine de la sœur de l'amie d'un bedeau ; vous assommez avec autant d'assurance que Proudhon, mais de tout cela : rire, cracher, bêtiser et paradoxer, vous n'êtes pas encore arrivé à faire un style propre.

Par le mot propre j'entends convenable. Car si l'on pense que je veuille dire que votre style n'est pas à vous, je répondrai :

Oh ! que si ! Oh ! que oui, il est bien à lui, son style.

Je reprends et je dis : La petite presse n'existe pas.

Je ne puis pas me perdre dans le champ immense de nos feuilles de choux. Je m'arrête devant les deux plus beaux produits :

Le Petit Journal.

Le Figaro (Événement).

Où va le Petit Journal ?

Vous le savez, on le sait ; vous le dites, on le dit. — Il va chez le populo, — le souverain aux mains sales.

Eh bien ! Monsieur, est-ce que les portiers, les pompiers, les ébénistes, et autres, et autres... les lingères, les épileuses, les coiffeuses, les piqueuses de bottines et autres, et autres... sont gens à priser les bons écrivains ? — Je vous trouve bien mal avisé de vouloir mêler la Littérature à leurs récréations.

Pas n'est besoin non plus de faire de grands frais de rhétorique chez Figaro.

Avec qui cause-t-il, ce « raseur » ?

Vous l'avouez vous-même; avec ces dames du quartier Bréda et ces messieurs du Boulevard.

Je vous demande un peu si la littérature s'est jamais promenée dans ces deux quartiers?

Qu'est-ce qu'une dame du quartier Bréda ? — Une de nos anciennes cuisinières.

Qu'est-ce qu'un monsieur du Bitume? — Un gandin (*sic*), c'est-à-dire un monsieur qui pose pour le joli garçon.

Ce joli garçon-là, quand il ne peut pas mesurer son esprit sur la bourse de papa ou de feu son oncle, l'aune comme il peut, sur du madapolam. Boursicotier ou calicotier, c'est toujours le même homme par le fond et par la forme.

Vu de face, ce Monsieur n'est pas beau, mais vu de dos, il est fort laid.

De face :

Cela ressemble à une lanterne vénitienne à laquelle on a adapté des pattes.

De dos :

Un chapeau droit, — une raie droite, — un col droit, — un veston droit, — une deuxième raie droite, — deux tuyaux droits, — deux talons droits.

Si vous voulez mon avis sur tout ou partie de ces

raies, je vous renverrai au titi que j'ai entendu l'autre jour, à la hauteur du café Véron :

« — Tu vois, Polyte, cette raie sous le chapeau.

» — Oui, sous le chapeau.

» — Et puis cette autre raie, là, sous la veste.

» — Oui, dessous, là. Eh bien?

» — Eh bien, ces deux raies sont aussi intelligentes l'une que l'autre. »

Vous entendez, Monsieur Veuillot?

Eh bien, je vous le demande, — que voulez-vous que ces deux raies exigent de leur journal? — Croyez-vous qu'elles aient besoin de littérature?... — Allons donc. Elles sont bien contentes de trouver du papier pour faire des papillotes et... le reste.

———

Votre colère, donc, ne peut s'expliquer que par la parenté qui existe entre vous et les cuisiniers de la petite Chose.

Il est vrai que dans les cuisines du Petit Journal et du Figaro il y a des marmitons qui se nomment : Jouvin, Rochefort, Monselet, Duchesne, Delveau, Zola, Véron, Daudet, Claretie... et, un ou deux encore, trois, peut-être, dont les noms m'échappent ; lesquels réussissent parfois leur plat littéraire; mais ce n'est pas une raison suffisante pour discuter l'esthétique de leur Maison.

S'il leur arrive, à ces Messieurs, de faire de la littérature, ils ont tort. Ils ne sont pas là pour cela. Les chefs des deux cuisines ne leur en sauront pas gré, et ils n'oseront offrir leurs produits qu'après ceux de leurs chers gâte-sauce, en tête desquels figure l'Aquariumophile.

Non-seulement, ils n'ont pas besoin d'être littéraires, mais encore, ils peuvent se passer de mettre l'orthographe. N'est-ce pas la petite presse qui, s'occupant de mes hauts faits à la Comédie-Française, m'a nommé Pipe-en-bois? et Pipe-en-bois je me nomme; c'est consacré. Je ne serais pourtant pas fâché qu'on voulût bien ne pas toucher à mon nom, et qu'on m'appelât Pipe-de-bois.

La petite presse n'existe pas.

La chose, cependant, qui existe et qui se décore de ce nom, cette chose infecte et banale qui se promène dans l'échoppe du portier et dans le boudoir de la fille, cette chose, dis-je, croit en elle, et par là même, croit à l'existence d'une sœur aînée qu'elle qualifie de grande.

Mais, — tout en lui octroyant ce nom pompeux, — elle nie sa puissance, et prouve, par A plus B et par son tirage officiel, qu'elle est, quoique petite en apparence, bien plus grande qu'elle.

Adoncques, si la petite presse, chose puissante et colossale n'est pas, comment la grande presse, chose infime et de peu de valeur, peut-elle être?

Si le bras n'existe pas, comment peut-on concevoir l'existence de la main ?

Ceci, de prime-abord, peut paraître étrange. J'arrive au fait tout de suite.

Oui, il existe quelque chose, — il existe même deux choses qu'on nomme la petite et la grande presse. Mais ces choses, en somme, n'existent pas parce qu'elles n'ont pas les éléments suffisants pour dire : l'une, qu'elle fait de la littérature, l'autre, qu'elle fait de la politique. Ce sont deux corps sans souffle, deux jolis petits cadavres.

La main postiche qu'on a posée à M. Roger, n'est pas une main vivante comme la vôtre, comme la mienne, comme celle de tout le monde. C'est une simple mécanique, une jolie mécanique. — La littérature et la politique qu'on dépose chaque jour sur des feuilles volantes, n'ont rien de commun avec la littérature des gens instruits et des gens de goût, rien qui puisse former les convictions des gens de cœur et des gens d'esprit. Littérature et Politique sont ici synonymes de commerce de papier noirci.

Il y a des personnes qui aiment le papier noirci.

Ces personnes-là ne regardent pas à un, deux et même trois sous pour se payer cette consommation.

Il y a aussi des personnes qui aiment le gros bleu.

Ces personnes-là ne regardent pas non plus à un, deux et même plusieurs sous pour se régaler un brin.

Selon que ces consommateurs sont plus ou moins fortunés, plus ou moins disposés, ils s'offrent le Petit Journal ou le Figaro, le Siècle ou la Gazette de France, —un canon d'un sou ou un demi-setier de quatre.

Je poursuis mon idée et j'arrive à l'Univers.

Je vous prouverai, tantôt, que je suis entré dans vos convictions.

Vous avez beau dire : « l'Univers n'a pas fait cela. » L'Univers, Monsieur, comme les autres journaux, n'a pas vécu de l'air du temps et n'a pas fait fi des abonnés. Il avait sa clientèle à lui, comme le Siècle a la sienne. Les abonnés du Siècle portent casquette, les vôtres portaient chapeau ; mais pour les chapeaux comme pour les casquettes, la consommation est la même en fait de papier noirci.

Ceux qui allaient chez vous étaient servis à la bouteille, ceux qui vont au Siècle sont servis au litre. Entre le Siècle et l'Univers, il n'y a qu'une différence d'enseigne. — Sur l'une on lit : *Marchand de vin, traiteur*, sur l'autre : *Restaurateur*. Mais ici comme là, « on porte en ville, » et la drogue à avaler est la même.

« Demandez, faites vous servir, pour quinze centimes, trois sous, on donne un litre de l'encre du traitement ou une bouteille de celle de la Restauration. »

Je ne connais rien de plus sot, de plus plat, de plus insignifiant, que nos journaux politiques. Je ne puis pas en lire un seul sans rire de pitié.

Ceux qui écrivent là-dedans, pataugent dans tous les lieux communs des idées et du langage, pour disserter continuellement sur cette chose qu'ils appellent leurs convictions.

Oh! les idées!... Oh! les convictions!...

Cela se mesure donc à la ligne, ces choses-là?

Allons, allons, Monsieur le lecteur, fermez bien vite votre feuille et dites-vous ceci :

Que celui qui a confectionné la tartine que vous avalez est (ceci est péremptoire, monsieur Prud'homme) ou un imbécile ou un homme d'esprit.

Que si c'est un imbécile, vous n'avez que faire d'abreuver vos convictions aux sources troubles de sa bêtise.

Que si c'est un homme d'esprit, il est impossible qu'il ait une conviction, et alors...

———

Il n'y a que l'homme absurde qui ne change jamais.

Vous devez être pénétré de cette vérité, Monsieur Veuillot, vous qui avez rimé jadis des chansons à faire reculer Thérésa de quinze pas, et qui patrocinez, aujourd'hui, comme un moine en fureur.

Il est vrai que chansons et sermons ne se doivent rien pour la forme, mais ils sont loin de se ressembler quant au fond.

Ainsi donc, il n'y a que l'homme absurde qui ne change jamais.

Le journaliste, s'il n'est pas tout à fait idiot, doit

changer, et, — s'il est changeant, il ne peut plus invoquer ses convictions.

Pas de conviction, donc pas de vérité ; — pas de vérité, donc pas de journal sérieux.

Papier noirci, papier noirci, que tout cela, et rien que papier noirci.

Il existe une sorte de papier pour prendre les mouches. — J'appellerais volontiers les journaux : papier pour prendre les imbéciles.

Ce doit être votre opinion, puisque vous appelez Louis Jourdan, compère.

Compère ?

Vous avez donc gardé les... abonnés ensemble ?

Vous faites trop bien la leçon à tout le monde pour ne pas avoir conscience, Monsieur le régent, que toutes vos phrases ont une portée, tous vos mots un sens bien défini.

Eh bien, que signifie le mot compère ?

Compère est le nom qu'on donne à celui qui tient un enfant sur les fonts ; — compère signifie aussi compagnon ; — compère est, enfin, le nom qu'on donne à celui qui aide à tromper.

Quelle est, de ces significations, celle que vous avez voulu donner au mot compère, ce mot étant adressé à Louis Jourdan?

Comme je ne suppose pas que M. Jourdan ait tenu un petit Veuillot sur les fonts, ni que vous...

Comme M. Jourdan n'est pas, après tout, votre compagnon...

Je conclus que vous avez donné à ce mot la dernière signification.

M. Jourdan n'aurait peut-être pas osé faire cet aveu, mais vous, — aujourd'hui, — vous ne craignez plus de gâter le métier.

J'aime à penser que ce mot doit être pris, ici, dans son acception la plus douce.— Il n'est pas probable que vous ayez voulu vous crever un œil, et quant à M. Jourdan, je le tiens en trop grande estime pour le mal juger.

Robin, avec ses gobelets, trompe le public, mais il l'amuse, et le public ne se plaint pas.

Vous, journalistes, avec vos « clichés, » vous abusez le public, et l'amusez peut-être, et le public ne réclame pas trop.

Continuez à vous passer et repasser de « mon compère par ci, mon compère par là. » Criez bien fort quand la galerie vous regarde; mais ne vous mangez pas quand vous vous rencontrez en tête-à-tête. Riez plutôt de la bêtise humaine, trinquez gaiement, et videz en riant le litre et la bouteille... à la santé des abonnés.

Maintenant que vous connaissez mon opinion sur le journalisme, vous connaissez aussi celle que j'ai sur vos Odeurs, ces odeurs-là n'étant, à tout prendre, qu'une collection d'articles.

Vous avez, par-ci, par-là, quelques pages bien écrites et bien pensées, quelques tableaux d'un réalisme parfait, qui ont de la pâte. Malheureusement M. Havin et M. Buloz vous font perdre la tramontane. Dans votre délire perpétuel, vous laissez glisser votre toile au fond d'un bénitier ; là, les couleurs se fondent, se mêlent, se brouillent, et beaucoup de bons effets sont perdus. Bref, vous ne savez souvent plus ce que vous dites, et les expressions vous font défaut ; alors vous oubliez qu'il y a des couleurs, encore, sur votre palette, vous trempez votre brosse dans le ruisseau, et barbouillez votre toile de boue.

Vous n'êtes qu'un vieux journaliste.

J'ai toujours considéré le journalisme comme un métier pour les littérateurs que la fortune n'a pas favorisés. On peut et l'on doit faire du métier en attendant que l'œuvre que l'on porte en soi ait donné ses fruits. L'état de journaliste ne doit être, pour l'artiste, qu'un état d'expectative.

Les journaux sont à la littérature ce que les chemins-de-croix sont à la peinture.

Heureux sont ceux qui savent se débarrasser du métier. Malheureux sont ceux qui, comme vous, persistent dans la carrière. Les impuissants seuls doivent persister.

II

Appliquons à M. Veuillot le système Veuillot, et « blaguons » un tantinet.

Vous dites quelque part :

« Madame de Maintenon s'inquiétait d'avoir fait réciter devant la cour, par les jeunes filles de Saint-Cyr, les nobles vers de Racine. »

Voyez donc ça ! — Et vous ajoutez :

« De nos jours, nos grandes dames s'accoutument à débiter du Scribe. »

Quel malheur !...

Je suppose un moment que j'appartienne à la rédac-

tion du Siècle. Il ne me sera pas difficile de vous faire
rendre gorge. — Tenez, avalez-moi cette tartine, —
genre Séculaire.

. . . .

« Eh bien, vrai, mon Maître, vous n'êtes pas heu-
» reux dans vos rapprochements. »

« Madame de Maintenon s'est inquiétée? — Elle en
» est bien capable, la cafarde; mais elle a eu raison.
» Elle a eu là un bon mouvement; car Racine, le noble
» et doucereux Racine, pas plus que tout autre, moins
» noble et moins sucré, ne doit être interprété par de
» jeunes filles. Les jeunes filles, à notre avis, ont
» autre chose à faire. »

« Nos dames s'accoutument à débiter les pièces de
» Scribe? — Nous n'y voyons pas grand mal, si cela
» les amuse. Les femmes ne sont pas assujetties aux
» mêmes retenues que les jeunes filles. Il est même
» bon qu'elles jouent un peu avec les petites misères
» de la vie. »

« Croyez bien une chose, c'est qu'il vaut mieux
» s'amuser franchement que de cafarder comme la
» Maintenon. On n'en referait pas une seconde édition,
» aujourd'hui, de votre Maintenon. — Les plaisirs
» décents rendent l'âme meilleure : *Castigat ridendo*

» *mores;* et saint Jean, lui-même, le démontre par
» son apologue de l'Arc. »

« Vous croyez abaisser notre siècle en exaltant celui
» du grand roi? Vous n'y arriverez pas. Nous croyons,
» ne vous en déplaise, que nous valons mieux que nos
» pères. »

« Nous en appelons à tous les prêtres de France. »

« Quel est celui qui voudrait obéir à un cardinal de
» Bouillon, — à un cardinal de Bonzi, — voire à un
» cardinal de Retz... à un archevêque comme Villeroy
» et François de Harlay de Champvalon... à un évêque
» comme messieurs de Noyon, — Étienne le Camus, —
» de Vatteville... et tant d'autres, — et tant d'autres
» qui vivaient plongés dans la dissolution, et ne crai-
» gnaient pas d'afficher leurs maîtresses? »

« Nous croyons que de nos jours nos prélats vivent
» avec plus de dignité. Il est vrai qu'il en existe quel-
» ques-uns qui ne dédaignent pas de faire du journa-
» lisme ; mais ce n'est là qu'une peccadille que vous
» pouvez bien excuser, vous, le Maître-Journaliste.
» En somme, il vaut encore mieux afficher une grosse
» brochure qu'une petite de Varenne. »

« Et le bas clergé? — et les couvents? — et... mais
» nous nous arrêtons. La comparaison n'est pas soute-
» nable, etc., etc. »

Vous le voyez, Monsieur Veuillot, ce n'est pas plus difficile que ça.

———

Plus loin vous parlez peinture, et vous en parlez comme un vrai journaliste.

Demandez à un peintre ce que signifie « parler peinture en journaliste, » il vous le dira. Si vous vous fâchez, il vous crève un tube de bleu de Prusse dans les cheveux, et — vous verrez.....

Je crois que les lauriers de Proudhon vous empêchent de dormir.

Vous avez voulu, vous aussi, faire, dans votre sens comme lui dans le sien, un peu de philosophie à propos de peinture. Si c'est à cause de ce rapprochement qu'on vous a comparé au Maître, la comparaison est juste ; mais ce rapprochement ne suffit pas pour vous laisser sur le même piédestal. Vous avez commis un paradoxe à peu près aussi maladroitement que lui, mais vous êtes loin encore d'avoir écrit d'aussi belles pages que celles qu'il nous a données.

J'en choisis une entre mille.

Essayez, vous, Monsieur, qui avez la foi, d'écrire quelque chose qui ressemble à sa dissertation sur les litanies de la Vierge. Il n'avait pas la foi, lui; il combattait contre l'Église, et cependant il a produit ce beau morceau qui, dégagé du sens d'opposition qu'il y met, ne serait pas déplacé après ceux de *l'Imitation.*

Mais il est inutile que vous essayiez. Vous ne l'égalerez jamais, parce que vous ne pouvez vous rencontrer. Il était bon, lui, il était grand et ne savait pas prendre de demi-parti. Il était tout amour ou tout haine. Vous ne savez pas même haïr, vous, et ne pouvez que mépriser.

Que si vous persistez à vouloir le suivre, vous n'arriverez qu'à prendre le dernier rang dans son École. Il sera toujours le Père et vous ne serez jamais qu'Ainsi-soit-il.

N'y revenez plus.

Ne revenez pas davantage sur vos critiques en Belles-lettres.

Est-il possible d'être plus sucré que dans votre dissertation sur Racine? — C'est une de vos anciennes copies de la Mutuelle, que vous nous avez donnée là? — Un jour, que vous aurez été second en discours français, vous vous serez dit : Voilà un chef-d'œuvre qu'il faut mettre dans un carton. — Et aujourd'hui vous rhabillez le chef-d'œuvre pour la circonstance.

Quand je vous regarde brosser, comme un maître, vos tableaux sur le Café-chantant et l'Idéal, et que je vous vois ensuite lécher votre Racine de cette façon, vous m'étonnez. Vous me faites l'effet d'un dogue qui a pris une indigestion de grosse viande et qui déjeune d'un bâton de sucre de pomme. Vous avez cru, peut-être bien, faire œuvre d'artiste; il vous fallait une figure lumineuse au milieu des têtes noires de votre toile représentant Hugo, Musset, Heine *et tutti quanti*, et vous avez éclairé la noble perruque du noble Racine. Vous ne manquez pas d'une certaine habileté. Malheureusement vous n'avez rien à ajouter à la gloire de Racine et vous ne pouvez rien enlever à celle de nos maîtres modernes.

Non, vous n'enlèverez rien à la gloire de ces beaux talents dont la France moderne s'honore, quelque nombreuses que puissent être les mauvaises herbes qui ont poussé dans le champ de leurs productions. Le champ est trop vaste et la moisson est trop abondante pour qu'une poignée d'ivraie nous fasse oublier que nous avons une grosse meule de bons épis.

Le gui s'attache au chêne, et le chêne ne cesse pas d'être le roi des arbres. — Vous avez bien poussé.

vous, champignon vénéneux du catholicisme, et la Religion ne cesse pas d'être belle et pure.

Comme journaliste, cependant, il vous est permis de toucher à tout et de parler de tous. Seulement, quand vous vous attaquez à un artiste de la taille de V. Hugo, tâchez de ne pas porter vos regards plus haut que les bottes, si vous ne voulez pas qu'on vous renvoie les paroles qu'un peintre de l'antiquité adressait à un de vos anciens confrères — en critique.

Je préfère et de beaucoup à vos critiques sur les arts et les lettres vos diatribes contre les Coquelet.

J'admire surtout votre argument en faveur du droit d'aînesse.

« Dans l'appréhension, sans doute, d'avoir des en-
» fants inégalement partagés du côté des dons natu-
» rels, ou d'avoir trop d'enfants pour les pouvoir
» établir tous aussi haut que lui, il va au plus sûr, il
» borne la fécondité de Madame Coquelet. »

Alors, vous croyez qu'il en est des enfants comme du blé et qu'il n'y a qu'à bien fumer sa terre pour récolter beaucoup ?

Vous soupçonnez Madame Coquelet de n'être pas suffisamment fumée !

Quand je la rencontrerai, cette chère dame, je lui conseillerai d'aller vous demander du guano.

Ah ! — shocking !

———

Je vous avoue que je me suis un peu perdu dans votre arlequin littéraire. Par moments même, j'ai failli jeter le livre au panier, tant j'étais fatigué de votre M. Havin et de votre M. Buloz, qui vous tiennent comme un vrai possédé.

(Il doit y avoir un remède contre ces sortes de maladies... — Si vous essayiez de vous faire exorciser ?)

J'ai voulu, cependant, aller jusqu'au bout et attendre la conclusion. La conclusion, je la tiens :

M. Havin et M. Buloz sont deux monstres de nature, deux agents, deux lutins au service d'une fée quinteuse et méchante, qui doit bouleverser le monde. Cette fée c'est la Révolution ; elle a posé sa baguette magique sur la carte d'Europe, et une nouvelle famille, tout à son service, en elle incarnée, a pris possession des gouvernements.

« Hugo est le père, George Sand est la mère, et Garibaldi est l'enfant. »

Voilà.

Dieu! que je m'amuserais si vous ne m'aviez pas rendu la tête si lourde!

Hugo est le père !... — George Sand est la mère!!... — et Garibaldi est l'enfant !!!... — et vous êtes, vous, Monsieur Veuillot, l'ange exterminateur qui plongez tout ce monde-là dans le fond des enfers.

J'ouvre une souscription pour qu'on change les figures de la fontaine Saint-Michel. On remplacerait Lucifer par Hugo, George Sand et Garibaldi, — et l'archange par un Veuillot aux ailes déployées. Les chimères seraient aussi avantageusement remplacées par un Havin et un Buloz papelonnés d'écailles et finissant tous deux en queue de poisson.

Une vraie queue de poisson, c'est la fin de votre botte d'articles. — Il y a là une petite collection de sonnets qui ne sont pas tous bien drôles. Je serais injuste si je n'avouais pas qu'il en est quelques-uns qui vous accusent d'être orfévre, mon cher monsieur Josse ; mais ce sont précisément ces morceaux de cuivre

bien ciselés qui me font regretter les petits chefs-
d'œuvre que vous saviez tailler dans l'or pur des Gau-
lois. Qu'il y a loin de ces versiculets, où vous tenez
étroitement, à ces belles pièces où vous vous débrail-
liez à l'aise! — Qu'il y a loin de ces ricanements et de
ces pleurnicheries suscités par M. Havin d'un côté et
Jésus de l'autre, à ce gros et large rire Rabelaisien que
l'ami Piron soutenait des accords puissants de sa lyre
sonore !

Mais à quoi bon parler de Veuillot l'ancien à Veuillot
le Juste ? — Aujourd'hui :

« Ceci *qui est le délire stupide, a tué* CELA *qui était
la riante fantaisie.* »

Ce n'est pas moi qui ai prôné cette vérité ; — aussi
je m'en lave les mains.

A propos de laver?

Cela me remémore votre dernier sonnet.

. . . .

« Qui donc vous nettoiera, gens d'esprit, etc., etc. »

Ah ça ! mais... et vous, Monsieur le pamphlétaire,
qui donc vous nettoiera ? — Vous avez l'air de ne pas y
penser.

Songez, songez, Monsieur, que vous avez versé

pas mal d'encre sur votre robe de séraphin, et que l'encre ne s'enlève pas facilement.

Après ça... vous savez, — cela m'est parfaitement égal. Je ne demande qu'une chose : c'est à être là « à l'heure des effrois, » pour vous faire entendre une fois de plus l'*ut* dièse de ma bonne clef.

FIN.

PARIS. — TYPOGRAPHIE MORRIS ET Cᵉ, 64, RUE AMELOT.